# 闻一多诗选

闻一多

著

应急管理出版社

·北京·

**图书在版编目（CIP）数据**

闻　多诗选/闻一多著. －－北京：应急管理出版社，2023

ISBN 978－7－5020－9930－5

Ⅰ.①闻…　Ⅱ.①闻…　Ⅲ.①诗集—中国—现代　Ⅳ.①I226

中国国家版本馆 CIP 数据核字(2023)第 082458 号

**闻一多诗选**

| | |
|---|---|
| **著　　者** | 闻一多 |
| **责任编辑** | 姜　婷 |
| **封面设计** | 薛　芳 |

**出版发行**　应急管理出版社（北京市朝阳区芍药居 35 号　100029）
**电　　话**　010－84657898（总编室）　010－84657880（读者服务部）
**网　　址**　www.cciph.com.cn
**印　　刷**　艺通印刷（天津）有限公司
**经　　销**　全国新华书店

**开　　本**　710mm×1000mm$^1/_{16}$　**印张**　13$^1/_2$　**字数**　140 千字
**版　　次**　2023 年 6 月第 1 版　2023 年 6 月第 1 次印刷
**社内编号**　20230136　　　　　　　　**定价**　39.80 元

# 目 录

## 红 烛

## 死 水

## 集外诗

红　烛

# 红　烛

蜡炬成灰泪始干
　　　　——李商隐


红烛啊！

这样红的烛！

诗人啊！

吐出你的心来比比，

可是一般颜色？


红烛啊！

是谁制的蜡——给你躯体？

是谁点的火——点着灵魂？

为何更须烧蜡成灰，

然后才放光出？

一误再误；

矛盾！冲突！

红烛啊！
不误，不误！
原是要"烧"出你的光来——
这正是自然底方法。

红烛啊！
既制了，便烧着！
烧罢！烧罢！
烧破世人底梦，
烧沸世人底血——
也救出他们的灵魂，
也捣破他们的监狱！

红烛啊！
你心火发光之期，
正是泪流开始之日。

红烛啊！
匠人造了你，
原是为烧的。

既已烧着，

又何苦伤心流泪？

哦！我知道了！

是残风来侵你的光芒，

你烧得不稳时，

才着急得流泪！


红烛啊！

流罢！你怎能不流呢？

请将你的脂膏，

不息地流向人间，

培出慰藉底花儿，

结成快乐的果子！


红烛啊！

你流一滴泪，灰一分心。

灰心流泪你的果，

创造光明你的因。


红烛啊！

"莫问收获，但问耕耘。"

# 西 岸

He has a lusty spring,when fancy clear
Takes in all beauty within an easy span.

——Keats


这里是一道河，一道大河，

宽无边，深无底；

四季里风姨巡遍世界，

便回到河上来休息；

满天糊着无涯的苦雾，

压着满河无期的死睡。

河岸下酣睡着，河岸上

反起了不断的波澜，

啊！卷走了多少的痛苦！

淘尽了多少的欣欢！

多少心被着羞愧才鞭驯，

一转眼被虚荣又扇癫！
鞭下去，扇起来，
又莫非是金钱底买卖。
黑夜哄着聋瞎的人马，
前潮刷走，后潮又挟回。
没有真，没有美，没有善，
更那里去找光明来！


但不怕那大泽里
风波怎样凶，水兽怎样猛，
总难惊破那浅水芦花里
那些山草的幽梦，——
一样的，有个人也逃脱了
河岸上那纷纠的樊笼。
他见了这宽深的大河，
便私心唤醒了些疑义：
分明是一道河，有东岸，
岂有没个西岸底道理？
啊！这东岸底黑暗恰是那
西岸底光明底影子。


但是满河无期的死睡，

撑着满天无涯的雾幕；

西岸也许有，但是谁看见？

哎……这话也不错。

"恶雾遮不住我"，心讲道，

"见不着，那是目底过！"

有时他忽见浓雾变得

绯样薄，在风翅上荡漾；

雾缝里又筛出些

丝丝的金光洒在河身上。

看！那里！可不是个大鼋背？

毛发又长得那样长。


不是的！倒是一座小岛，

戴着一头的花草：

看！灿烂的鱼龙都出来

晒甲胄，理须桡；

鸳鸯洗刷完了，喙子

插在翅膀里，睡着觉了。

鸳鸯睡了，百鳞退了——

满河一片凄凉；

太阳也没兴，卷起了金练，

让雾帘重往下放：

恶雾瞪着死水，一切的
于是又同从前一样。


"啊！我懂了，我何曾见着
那美人底容仪？
但猜着蠕动的绣裳下，
定有副美人底肢体。
同一理：见着的是小岛，
猜着的是岸西。"


"一道河中一座岛，河西
一盏灯光被岛遮断了。"
这语声到处，是有些人
鹦哥样，听熟了，也会叫；
但是那多数的人
不笑他发狂，便骂他造谣。


也有人相信他，但还讲道：
"西岸地岂是为东岸人？
若不然，为什么要划开
一道河，这样宽又这样深？"
有人讲："河太宽，雾正密。

找条陆道过去多么稳！"
还有人明晓得道儿
只这一条，单恨生来错——
难学那些鸟儿飞着渡，
难学那些鱼儿划着过，
却总都怕说得："搭个桥，
穿过岛，走着过！"为什么?

# 雨　夜

几朵浮云，仗着雷雨底势力，
把一天底星月都扫尽了。
一阵狂风还喊来要捉那软弱的树枝，
树枝拼命地扭来扭去，
但是无法躲避风底爪子。

凶狠的风声，悲酸的雨声——
我一壁听着，一壁想着：
假使梦这时要来找我，
我定要永远拉着他，不放他走；
还剜出我的心来送他作贽礼，
他要收我作个莫逆的朋友。
风声还在树里呻吟着，
泪痕满面的曙天白得可怕，
我的梦依然没有做成。
哦！原来真的已被我厌恶了，
假的就没他自身的尊严吗？

# 雪

夜散下无数茸毛似的天花，
织成一件大氅，
轻轻地将憔悴的世界，
从头到脚地包了起来：
又加了死人一层殓衣。

伊将一片鱼鳞似的屋顶埋起了，
却总埋不住那屋顶上的青烟缕。
啊！缕缕蜿蜒的青烟啊！
仿佛是诗人向上的灵魂，
穿透自身的躯壳：直向天堂迈往。

高视阔步的风霜蹂躏世界，
森林里抖颤的众生战斗多时，
最末望见伊底白氅，
都欢声喊道："和平到了，奋斗成功了！
这不是冬投降底白旗吗？"

# 睡 者

灯儿灭了，人儿在床；

月儿底银潮

沥过了叶缝，冲进了洞窗，

射到睡觉的双靥上，

跟他亲了嘴儿又偎脸，

便洗净一切感情底表象，

只剩下了如梦幻的天真，

笼在那连耳目口鼻

都分不清的玉影上。


啊！这才是人底真色相！

这才是自然底真创造！

自然只此一副模型；

铸了月面，又铸人面。

哦！但是我爱这睡觉的人，

他醒了我又怕他呢！

我越看这可爱的睡容，

想起那醒容，越发可怕。

啊！让我睡了，躲脱他的醒罢！

可是瞌睡像只秋燕，

在我眼帘前掠了一周，

忽地翻身飞去了，

不知几时才能得回来呢？


月儿，将银潮密密地酌着！

睡觉的，撑开枯肠深深地喝着！

快酌，快喝！喝着，睡着！

莫又醒了，切莫醒了！

但是还响点擂着，鼾雷！

我只爱听这自然底壮美底回音，

他警告我这时候

那人心宫底禁闼大开，

上帝在里头登极了！

# 黄　昏

太阳辛苦了一天，

赚得一个平安的黄昏，

喜得满面通红，

一气直往山洼里狂奔。


黑黯好比无声的雨丝，

慢慢往世界上飘洒……

贪睡的合欢叠拢了绿鬓，钩下了柔颈，

路灯也一齐偷了残霞，换了金花；

单剩那喷水池

不怕惊破别家底酣梦，

依然活泼泼地高呼狂笑，独自玩耍。


饭后散步的人们，

好像刚吃饱了蜜的蜂儿一窠，

三三五五的都往

马路上头，板桥栏畔飞着。

嗡……嗡……嗡……听听唱的什么——

是花色底美丑？

是蜜味底厚薄？

是女王底专制？

是东风底残虐？


啊！神秘的黄昏啊！

问你这首玄妙的歌儿，

这辈嚣喧的众生

谁个唱的是你的真义？

# 时间底教训

太阳射上床，惊走了梦魂，

昨日底烦恼去了，今日底还没来呢。

啊！这样肥饱的鹁声，

稻林里撞挤出来——来到我心房酿蜜，

还同我的，万物底蜜心，

融合作一团快乐——生命底唯一真义。


此刻时间望我尽笑，

我便合掌向他祈祷："赐我无尽期！"

可怕！那笑还是冷笑；

那里？他把眉尖锁起，居然生了气。

"地得！地得！"听那壁上的钟声，

果同快马狂蹄一般地奔腾。

那骑者还仿佛吼着：

"尽可多多创造快乐去填满时间；

那可活活缚着时间来陪着快乐？"

# 二月庐

面对一幅淡山明水的画屏，

在一块棋盘似的稻田边上，

蹲着一座看棋的瓦屋——

紧紧地被捏在小山底拳心里。


柳荫下睡着一口方塘；

聪明的燕子——伊唱歌儿

偏找到这里，好听着水面的

回声，改正音调底错儿。


燕子！可听见昨夜那阵冷雨？

西风底信来了，催你快回去。

今年去了，明年，后年，后年以后，

一年回一度的还是你吗？

啊！你的爆裂得这样音响，

迸出些什么压不平的古愁！

可怜的鸟儿，你诉给谁听？

那知道这个心也碎了哦！

# 印　象

一望无涯的绿茸茸的——

是青苔？是蔓草？是禾稼？是病眼发花？——

只在火车窗口像走马灯样旋着。

仿佛死在痛苦底海里汹泳——

他的披毛散发的脑袋

在喑哑无声的绿波上飘着——

是簇簇的杨树林攒出禾面。


绿杨遮着作工的——神圣的工作！

骍红的赤膊摇着枯涩的辘轳，

向地母哀求世界底一线命脉。

白杨守着休息的——无上的代价！——

孤另另的一座秃头的黄土堆，

拥着一个安闲，快乐，了无智识的灵魂，

长眠，美睡，禁止百梦底纷扰。

啊！神圣的工作！无上的代价！

# 快　乐

快乐好比生机：
生机底消息传到绮甸，
群花便立刻
披起五光十色的绣裳。

快乐跟我的
灵魂接了吻，我的世界
忽变成天堂，
住满了柔艳的安琪儿！

## 美与爱

窗子里吐出娇嫩的灯光——
两行鹅黄染的方块镶在墙上；
一双枣树底影子，像堆大蛇，
横七竖八地睡满了墙下。

啊！那颗大星儿！嫦娥底侣伴！
你无端绊住了我的视线；
我的心鸟立刻停了他的春歌，
因他听了你那无声的天乐。

听着，他竟不觉忘却了自己，
一心只要飞出去找你，
把监牢底铁槛也撞断了；
但是你忽然飞地不见了！

屋角底凄风悠悠叹了一声，
惊醒了懒蛇滚了几滚；

月色白得可怕，许是恼了？
张着大嘴的窗子又像笑了！

可怜的鸟儿，他如今回了，
嗓子哑了，眼睛瞎了，心也灰了；
两翅洒着滴滴的鲜血，——
是爱底代价，美底罪孽！

# 诗 人

人们说我有些像一颗星儿，

无论怎样光明，只好作月儿底伴，

总不若灯烛那样有用——

还要照着世界作工，不徒是好看。


人们说春风把我吹燃，是火样的薇花，

再吹一口，便变成了一堆死灰；

剩下的叶儿像铁甲，刺儿像蜂针，

谁敢抱进他的赤裸的胸怀？


又有些人比我作一座遥山：

他们但愿远远望见我的颜色，

却不相信那白云深处里，

还别有一个世界—— 一个天国。


其余的人或说这样，或说那样，

只是说得对的没有一个。

"谢谢朋友们！"我说，"不要管我了，

你们那样忙，那有心思来管我？

你们在忙中觉得热闷时，

风儿吹来，你们无心地喝下了，

也不必问是谁送来的，

自然会觉得他来的正好！"

# 风　波

我戏将沉檀焚起来祀你，

那知他会烧的这样狂！

他虽散满一世界底异香，

但是你的香吻没有抹尽的

那些渣滓，却化作了云雾

满天，把我的两眼障瞎了；

我看不见你，便放声大哭，

像小孩寻不见他的妈了。

立刻你在我耳旁低声地讲：

（但你的心也雷样地震荡）

"在这里；大惊小怪地闹些什么？

一个好教训哦！"说完了笑着。

爱人，这戏禁不得多演，

让你的笑焰把我的泪晒干！

# 回　顾

九年底清华生活，

回头一看——

是秋夜里一片沙漠，

却露着一颗萤火，

越望越光明，

四围是迷茫莫测的凄凉黑暗。

这是红惨绿娇的暮春时节：

如今到了荷池——

寂静底重量正压着池水

连面皮也皱不动——

一片死静！

忽地里静灵退了，

镜子碎了，

个个都喘气了。

看！太阳底笑焰——一道金光，

滤过树缝，洒在我额上；

如今羲和替我加冕了，

我是全宇宙底王！

# 幻中之邂逅

太阳落了，责任闭了眼睛，
屋里朦胧的黑暗凄酸的寂静，
钩动了一种若有若无的感情，
——快乐和悲哀之间底黄昏。

仿佛一簇白云，濛濛漠漠，
拥着一只素氅朱冠的仙鹤——
在方才淌进的月光里浸着，
那娉婷的模样就是他么？

我们都还没吐出一丝儿声响；
我刚才无心地碰着他的衣裳，
许多的秘密，便同奔川一样，
从这摩触中不歇地冲洄来往。

忽地里我想要问他到底是谁，

抬起头来……月在那里？人在那里？

从此狰狞的黑黯，咆哮的静寂，

便扰得我辗转空床，通夜无睡。

# 志　愿

马路上歌啸的人群
泛滥横流着，
好比一个不羁的青年底意志。

银箔似的溪面一意地
要板平他那难看的皱纹。
两岸底绿杨争着
迎接视线到了神秘的尽头——
原来那里是尽头？
是视线底长度不够！

啊！主呀！我过了那道桥以后，
你将怎样叫我消遣呢？
主啊！愿这腔珊瑚似的鲜血
染得成一朵无名的野花，
这阵热气又化些幽香给他，

好攒进些路人底心里烘着罢!

只要这样，切莫又赏给我

这一副腥秽的躯壳!

主呀! 你许我吗? 许了我罢!

# 失　败

从前我养了一盆宝贵的花儿，

好容易孕了一个苞子，

但总是半含半吐的不肯放开。

我等发了急，硬把他剥开了，

他便一天萎似一天，萎得不像样了。

如今我要他再关上不能了。

我到底没有看见我要看的花儿！


从前我做了一个稀奇的梦，

我总嫌他有些太模糊了，

我满不介意，让他震破了；

我醒了，直等到月落，等到天明，

重织一个新梦既织不成，

便是那个旧的也补不起来了。

我到底没有做好我要做的梦！

# 贡 臣

我的王！我从远方来朝你，

带了满船你不认识的，

但是你必中意的贡礼。

我兴高采烈地航到这里来，

那里知道你的心……唉！

还是一个涸了的海港！

我悄悄地等着你的爱潮澎涨，

好浮进我的重载的船艘；

月儿圆了几周，花儿红了几度，

还是老等，等不来你的潮头！

我的王！他们讲潮汐有信，

如今叫我怎样相信他呢？

# 游戏之祸

我酌上蜜酒，烧起沉檀，

游戏着膜拜你：

沉檀烧地太狂了，

我忙着拿蜜酒来浇他；

谁知越浇越烈，

竟惹了焚身之祸呢！

# 花儿开过了

花儿开过了，果子结完了；

一春底香雨被一夏底骄阳炙干了，

一夏底荣华被一秋底馋风扫尽了。

如今败叶枯枝，便是你的余剩了。


天寒风紧，冻哑了我的心琴；

我惯唱的颂歌如今竟唱不成。

但是，且莫伤心，我的爱，

琴弦虽不鸣了，音乐依然在。


只要灵魂不灭，记忆不死，纵使

你的荣华永逝（这原是没有的事），

我敢说那已消的春梦底余痕，

还永远是你我的生命底生命！


况且永继的荣华，顿刻的凋落——

两两相形，又算得了些什么？
今冬底假眠，也不过是明春底
更烈的生命所必需的休息。

所以不怕花残，果烂，叶败，枝空，
那缜密的爱底根网总没一刻放松；
他总是绊着，抓着，咬着我的心，
他要抽尽我的生命供给你的生命！

爱呀！上帝不曾因青春底暂退，
就要将这个世界一齐捣毁，
我也不曾因你的花儿暂谢，
就敢失望，想另种一朵来代他！

# 十一年一月二日作

哎呀！自然底太失管教的骄子！

你那内蕴的灵火！不是地狱底毒火，

如今已经烧得太狂了，

只怕有一天要爆裂了你的躯壳。


你那被爱蜜饯了的肥心，人们讲，

本是为滋养些嬉笑的花儿的，

如今却长满了愁苦底荆棘——

他的根已将你的心越捆越紧，越缠越密。

上帝啊！这到底是什么用意？


唉！你（只有你）真正了解生活底秘密，

你真是生活底唯一的知己，

但生活对你偏是那样地凶残：

你看！又是一个新年——好可怕的新年！——

张着牙戟齿锯的大嘴招呼你上前；

你退既不能，进又白白地往死嘴里攒！

高步远跖的命运
从时间底没究竟的大道上蹀过；
我们无足轻重的蚁子
糊里糊涂地忙来忙去，不知为什么，
忽地里就断送在他的脚跟底……

但是，那也对啊！……死！你要来就快来，
快来断送了这无边的痛苦！
哈哈！死，你的残忍，乃在我要你时，你不来，
如同生，我不要他时，他偏存在！

# 死

啊！我的灵魂底灵魂！
我的生命底生命，
我一生底失败，一生底亏欠，
如今要都在你身上补足追偿，
但是我有什么
可以求于你的呢？

让我淹死在你眼睛底汪波里！
让我烧死在你心房底熔炉里！
让我醉死在你音乐底琼醪里！
让我闷死在你呼吸底馥郁里！

不然，就让你的尊严羞死我！
让你的酷冷冻死我！
让你那无情的牙齿咬死我！
让那寡恩的毒剑螫死我！

你若赏给我快乐，

我就快乐死了；

你若赐给我痛苦，

我也痛苦死了；

死是我对你唯一的要求，

死是我对你无上的贡献。

# 深夜底泪

生波停了掀簸；

深夜啊！——

沉默的寒潭！

澈虚的古镜！


行人啊！

回转头来，

照照你的颜容罢！

啊！这般憔悴……


轻柔的泪，

温热的泪，

洗得净这仆仆的征尘？

无端地一滴滴流到唇边，

想是要你尝尝他的滋味；

这便是生活底滋味！

枕儿啊!

紧紧地贴着!

请你也尝尝他的滋味。

唉!若不是你,

这腐烂的骷髅,

往那里靠啊!


更鼓啊!

一声声这般急切;

便是生活底战鼓罢?

唉!擂断了心弦,

搅乱了生波……


战也是死,

逃也是死,

降了我不甘心。

生活啊!

你可有个究竟?


啊!宇宙底生命之酒,

都将酌进上帝底金樽。

不幸的浮沤!

怎地偏酌漏了你呢?

# 青　春

青春像只唱着歌的鸟儿，
已从残冬窟里闯出来，
驶入宝蓝的穹窿里去了。

神秘的生命，
在绿嫩的树皮里澎涨着，
快要送出带着鞘子的
翡翠的芽儿来了。

诗人呵！揩干你的冰泪，
快预备着你的歌儿，
也赞美你的苏生罢！

# 宇　宙

宇宙是个监狱，

但是个模范监狱；

他的目的在革新，

并不在惩旧。

# 国　手

爱人啊！你是个国手；

我们来下一盘棋；

我的目的不是要赢你，

但只求输给你——

将我的灵和肉

输得干干净净！

# 香 篆

辗转在眼帘前，
萦回在鼻观里，
锤旋在心窝头——

心爱的人儿啊！
这样清幽的香，
只堪供祝神圣的你：

我祝你黛发长青！
又祝你朱颜长姣！
同我们的爱万寿无疆！

# 春　寒

春啊！

正似美人一般，

无妨瘦一点儿！

# 春之首章

浴人灵魂的雨过了：
薄泥到处啮人底鞋底。
凉飔挟着湿润的土气
在鼻蕊间正冲突着。

金鱼儿今天许不大怕冷了？
个个都敢于浮上来呢！

东风苦劝执拗的蒲根，
将才睡醒的芽儿放了出来。
春雨过了，芽儿刚抽到寸长，
又被池水偷着吞去了。

亭子角上几根瘦硬的
还没赶上春的榆枝，
印在鱼鳞似的天上；

像一页淡蓝的朵云笺，
上面涂了些僧怀素底
铁画银钩的草书。


丁香枝上豆大的蓓蕾，
包满了包不住的生意，
呆呆地望着寥阔的天宇，
盘算他明日底荣华——
仿佛一个出神的诗人
在空中编织未成的诗句。


春啊！明显的秘密哟！
神圣的魔术哟！


啊！我忘了我自己，春啊！
我要提起我全身底力气，
在你那绝妙的文章上
加进这丑笨的一句哟！

## 春之末章

被风惹恼了的粉蝶，
试了好几处底枝头，
总抱不大稳，率性就舍开，
忽地不知飞向那里去了。
啊！大哲底梦身啊！
了无黏滞的达观者哟！

太轻狂了哦！杨花！
依然吩咐雨丝黏住罢。

娇绿的坦张的荷钱啊！
不息地仰面朝上帝望着，
一心地默祷并且赞美他——
只要这样，总是这样，
开花结实底日子便快了。

一气的酽绿里忽露出
一角汉纹式的小红桥，
真红得快叫出来了！

小孩儿们也太好玩了啊！
镇日里蓝的白的衫子
骑满竹青石栏上垂钓。
他们的笑声有时竟脆得像
坍碎了一座琉璃宝塔一般。
小孩们总是这样好玩呢！

绿纱窗里筛出的琴声，
又是画家脑子里经营着的
一帧美人春睡图：
细熨的柔情，娇羞的倦致，
这般如此，忽即忽离，
啊！迷魂的律吕啊！

音乐家啊！垂钓的小孩啊！
我读完这春之宝笈底末章，
就交给你们永远管领着罢！

# 钟　声

钟声报得这样急——

时间之海底记水标哦！

是记涨呢，还是记落呢！——

是报过去底添长呢？

还是报未来底消缩呢？

# 爱之神

## ——题画

啊！这么俊的一副眼睛——
两潭渊默的清波！
可怜孱弱的游泳者哟！
我告诉你回头就是岸了！

啊！那潭岸上的一带榛薮，
好分明的黛眉啊！
那鼻子，金字塔式的小丘，
恐怕就是情人底茔墓罢？

那里，不是两扇朱扉吗？
红得像樱桃一样，
扉内还露着编贝底屏风。
这里又不知安了什么陷阱！

啊！莫非是绮甸之乐园？

还是美底家宅，爱底祭坛？

呸！不是，都不是哦！

是死魔盘据着的一座迷宫！

# 谢罪以后

朋友，怎样开始？这般结局？

"谁实为之？"是我情愿，是你心许？

朋友，开始结局之间，

演了一出浪漫的悲剧；

如今戏既演完了，

便将那一页撕了下去，

还剩下了一部历史，

恐十倍地庄严，百般地丰富，——

是更生底灵剂，乐园底基础！


朋友！让舞台上的经验，短短长长，

是恩爱，是仇雠，尽付与时间底游浪。

若教已放下来的绣幕，

永作隔断记忆底城墙；

台上的记忆尽可隔断，

但还有一篇未成的文章，

是在登台以前开始作的。

朋友！你为什么不让他继续添长，

完成一件整的艺术品？你试想想！


朋友！我们来勉强把悲伤葬着，

让我们的胸膛做了他的坟墓；

让忏悔蒸成湿雾，

糊湿了我们的眼睛也可；

但切莫把我们的心，

冷的变成石头一个，

让可怕的矜骄底刀子

在他上面磨成一面的锋，两面的锷。

朋友，知道成锋的刀有个代价么？

# 忏 悔

啊！浪漫的生活啊！
是写在水面上的个"爱"字，
一壁写着，一壁没了；
白搅动些痛苦底波轮。

# 黄　鸟

哦！森林底养子，

太空的血胤

不知名的野鸟儿啊！


黑缎底头帕，

蜜黄的羽衣，

镶着赤铜底喙爪——

啊！一只鲜明的火镞，

那样癫狂地射放，

射翻了肃静的天宇哦！


像一块雕镂的水晶，

艺术纵未完成，

却永映着上天底光彩——

这样便是他吐出的

那阒雅健的音乐呀！

啊！希腊式的雅健！

野心的鸟儿啊！
我知道你喉咙里的
太丰富的歌儿
快要噎死你了：
但是从容些吐着！
吐出那水晶的谐音，
造成艺术之宫，
让一个失路的灵魂
早安了家罢！

# 艺术底忠臣

无数的人臣，仿佛真珠

攒在艺术之王底龙衮上，

一心同赞御容底光采；

其中只有济慈一个人

是群龙拱抱的一颗火珠，

光芒赛过一切的珠子。


诗人底诗人啊！

满朝底冠盖只算得

些艺术底名臣，

只有你一人是个忠臣。

"美即是真，真即美。"

我知道你那栋梁之材，

是单给这个真命天子用的；

别的分疆割据，属国偏安，

那里配得起你哟！

啊！"鞠躬尽瘁，死而后已"：

真个做了艺术底殉身者！

忠烈的亡魂啊！

你的名字没写在水上，

但铸在圣朝底宝鼎上了！

# 初夏一夜底印象

——一九二二年五月直奉战争时

夕阳将诗人交付给烦闷的夜了，

叮咛道："把你的秘密都吐给他了罢！"


紫穹窿下洒着些碎了的珠子——

诗人想：该穿成一串挂在死底胸前。


阴风底冷爪子刚扒过饿柳底枯发，

又将池里的灯影儿扭成几道金蛇。


贴在山腰下佝偻得可怕的老柏，

拿着黑瘦的拳头硬和太空挑衅。


失睡的蛙们此刻应该有些倦意了，

但依旧努力地叫着水国底军歌。

个个都吠得这般沉痛，村狗啊！
为什么总骂不破盗贼底胆子？


嚼火漱雾的毒龙在铁梯上爬着，
驮着灰色号衣的战争，吼的要哭了。


铜舌的报更的磬，屡次安慰世界，
请他放心睡去，……世界那肯信他哦！


上帝啊！眼看着宇宙糟蹋到这样，
可也有些寒心吗？仁慈的上帝哟！

# 诗 债

小小的轻圆的诗句，
是些当一的制钱——
在情人底国中
贸易死亡底通宝。

爱啊！慷慨的债主啊！
不等我偿清诗债
就这么匆忙地去了，
怎样也挽留不住。

但是字串还没毁哟！
这永欠的本钱，
仍然在我账本上，
息上添息地繁衍。

若有一天你又回来，

爱啊！要做Shylock吗？

就把我心上的肉，

和心一起割给你罢！

# 红荷之魂（有序）

　　盆莲饮雨初放，折了几枝，供在案头，又听侄辈读周茂叔底《爱莲说》，便不得不联想及于三千里外《荷花池畔》底诗人。赋此寄呈实秋，兼上景超及其他在西山的诸友。

太华玉井底神裔啊！
不必在污泥里久恋了。
这玉胆瓶里的寒浆有些冽骨吗？
那原是没有堕世的山泉哪！

高贤底文章啊！雏凤底律吕啊！
往古来今竟携了手来谀媚着你。
来罢！听听这蜜甜的赞美诗罢！
抱霞摇玉的仙花呀！
看着你的躯体，
我怎不想到你的灵魂？

灵魂啊！到底又是谁呢？

是千叶宝座上的如来，

还是丈余红瓣中的太乙呢？

是五老峰前的诗人，

还是洞庭湖畔的骚客呢？


红荷底魂啊！

爱美的诗人啊！

便稍许艳一点儿，

还不失为"君子"。

看那颗颗坦张的荷钱啊！

可敬的——向上底虔诚，

可爱的——圆满底个性。

花魂啊！佑他们充分地发育罢！


花魂啊，

须提防着，

不要让菱芡藻荇底势力

蚕食了泽国底版图。


花魂啊！

要将崎岖的动底烟波，

织成灿烂的静底绣锦。

然后，

高蹈的鸬鹚啊！

热情的鸳鸯啊！

水国烟乡底顾客们啊！……

只欢迎你们来

逍遥着，偃卧着；

因为你们知道了

你们的义务。

# 别　后

啊！那不速的香吻，

没关心的柔词……

啊！热情献来的一切的赘礼，

当时都大意地抛弃了，

于今却变作记忆底干粮，

来充这旅途底饥饿。


可是，有时同样的馈仪，

当时珍重地接待了，抚宠了；

反在记忆之领土里

刻下了生憎惹厌的痕迹。


啊！谁道不是变幻呢？

顷刻之间，热情与冷淡，

已经百度底乘除了。

谁道不是矛盾呢？

一般的香吻，一样的柔词，

才冷僵了骨髓，

又烧焦了纤维。


恶作剧的疟魔呀！

到底是谁遣你来的？

你在这一隙驹光之间，

竟教我更迭地

作了冰炭底化身！

恶作剧的疟魔哟！

# 孤 雁

不幸的失群的孤客！
谁教你抛弃了旧侣，
拆散了阵字，
流落到这水国底绝塞，
拼着寸磔的愁肠，
泣诉那无边的酸楚？

啊！从那浮云底密幕里，
迸出这样的哀音；
这样的痛苦！这样的热情！

孤寂的流落者！
不须叫喊得哟！
你那沉细的音波，
在这大海底惊雷里，
还不值得那涛头上

溅破的一粒浮沤呢！


可怜的孤魂啊！

更不须向天回首了。

天是一个无涯的秘密，

一幅蓝色的谜语，

太难了，不是你能猜破的。

也不须向海低头了。

这辱骂高天的恶汉，

他的咸卤的唾沫

不要渍湿了你的翅膀，

黏滞了你的行程！


流落的孤禽啊！

到底飞往那里去呢？

那太平洋底彼岸，

可知道究竟有些什么？


啊！那里是苍鹰底领土——

那鸷悍的霸王啊！

他的锐利的指爪，

已撕破了自然底面目，

建筑起财力底窝巢。

那里只有钢筋铁骨的机械，

喝醉了弱者底鲜血，

吐出些罪恶底黑烟，

涂污我太空，闭熄了日月，

教你飞来不知方向，

息去又没地藏身啊！


流落的失群者啊！

到底要往那里去？

随阳的鸟啊！

光明底追逐者啊！

不信那腥臊的屠场，

黑黯的烟灶，

竟能吸引你的踪迹！


归来罢，失路的游魂！

归来参加你的伴侣，

补足他们的阵列！

他们正引着颈望你呢。


归来偃卧在霜染的芦林里，

那里有校猎的西风，

将茸毛似的芦花，

铺就了你的床褥

来温暖起你的甜梦。


归来浮游在温柔的港澳里，

那里方是你的浴盆。

归来徘徊在浪舐的平沙上，

趁着溶银的月色

婆娑着戏弄你的幽影。


归来罢，流落的孤禽！

与其尽在这水国底绝塞，

拼着寸磔的愁肠，

泣诉那无边的酸楚，

不如棹翅回身归去罢！


啊！但是这不由分说的狂飙

挟着我不息地前进；

我脚上又带着了一封书信，

我怎能抛却我的使命，

由着我的心性

回身棹翅归去来呢？

# 太平洋舟中见一明星

鲜艳的明星哪！ ——

太阴底嫡裔，

月儿同胞的小妹——

你是天仙吐出的玉唾，

溅在天边？

还是鲛人泣出的明珠，

被海涛淘起？

哦！ 我这被单调的浪声

摇睡了的灵魂，

昏昏睡了这么久，

毕竟被你唤醒了哦，

灿烂的宝灯啊！

我在昏沉的梦中，

你将我唤醒了，

我才知道我已离了故乡，

贬斥在情爱底边徼之外——

飘簸在海涛上的一枚钓饵。


你又唤醒了我的大梦——

梦外包着的一层梦！

生活呀！ 苍茫的生活呀！

也是波涛险阻的大海哟！

是情人底眼泪底波涛，

是壮士底血液底波涛。


鲜艳的星， 光明底结晶啊！

生命之海中底灯塔！

照着我罢！ 照着我罢！

不要让我碰了礁滩！

不要许我越了航线；

我自要加进我的一勺温泪，

教这泪海更咸；

我自要倾出我的一腔热血，

教这血涛更鲜！

# 火　柴

这里都是君王底

樱桃艳嘴的小歌童：

有的唱出一颗灿烂的明星，

唱不出的，都拆成两片枯骨。

# 玄　思

在黄昏底沉默里，
从我这荒凉的脑子里，
常迸出些古怪的思想，
不伦不类的思想；

仿佛从一座古寺前的
尘封雨渍的钟楼里，
飞出一阵猜怯的蝙蝠，
非禽非兽的小怪物。

同野心的蝙蝠一样，
我的思想不肯只爬在地上，
却老在天空里兜圈子，
圆的，扁的，种种的圈子。

我这荒凉的脑子

在黄昏底沉默里，

常进出些古怪的思想，

仿佛同些蝙蝠一样。

# 我是一个流囚

我是个年壮力强的流囚，
我不知道我犯的是什么罪。

黄昏时候，
他们把我推出门外了，
幸福底朱扉已向我关上了，
金甲紫面的门神
举起宝剑来逐我；
我只得闯进缜密的黑暗，
犁着我的道路往前走。

忽地一座壮阁底飞檐，
像只大鹏底翅子
插在浮沤密布的天海上；
卍字格的窗棂里
泻出醺人的灯光，黄酒一般地酽；

哀宕淫热的笙歌，

被激愤的檀板催窘了，

螺旋似地锤进我的心房：

我的身子不觉轻去一半，

仿佛在那孔雀屏前跳舞了。


啊快乐——严憬的快乐——

抽出他的讥诮底银刀，

把我刺醒了；

哎呀！我才知道——

我是快乐底罪人，

幸福之宫里逐出的流囚，

怎能在这里随便打溷呢？


走罢！再走上那没尽头的黑道罢！

唉！但是我受伤太厉害；

我的步子渐渐迟重了；

我的鲜红的生命，

渐渐染了脚下的枯草！


我是个年壮力强的流囚，

我不知道我犯的是什么罪。

# 寄怀实秋

泪绳捆住的红烛

已被海风吹熄了；

跟着有一缕犹疑的轻烟，

左顾右盼，

不知往那里去好。

啊！解体的灵魂哟！

失路底悲哀哟！


在黑暗底严城里，

恐怖方施行他的高压政策：

诗人底尸肉在那里仓皇着，

仿佛一只丧家之犬呢。

莲蕊间酣睡着的恋人啊！

不要灭了你的纱灯：

几时珠箔银条飘着过来，

可要借给我点燃我的残烛，

好在这阴城里面，

为我照出一条道路。


烛又点燃了，

那时我便作个自然的流萤，

在深更底风露里，

还可以逍遥流荡着，

直到黎明！


莲蕊间酣睡着的骚人啊！

小心那成群打围的飞蛾，

不要灭了你的纱灯哦！

# 晴　朝

一个迟笨的晴朝，
比年还现长得多，
像条懒洋洋的冻蛇，
从我的窗前爬过。

一阵淡青的烟云
偷着跨进了街心……
对面的一带朱楼
忽都被他咒入梦境。

栗色汽车像匹骄马
休息在老绿阴中，
瞅着他自身的黑影，
连动也不动一动。

傲霜的老健的榆树

伸出一只粗胳膊，

拿在窗前底日光里，

翻金弄绿，不奈乐何。


除外了一个黑人

薙草，刮刮地响声渐远，

再没有一息声音——

和平布满了大自然。


和平蜷伏在人人心里；

但是在我的心内

若果也有和平底形迹，

那是一种和平底悲哀。


地球平稳地转着，

一切的都向朝日微笑；

我也不是不会笑，

泪珠儿却先滚出来了。


皎皎的白日啊！

将照遍了朱楼底四面；

永远照不进的是——

游子底漆黑的心窝坎；

一个恹病的晴朝，
比年还过得慢，
像条负创的伤蛇，
爬过了我的窗前。

# 记　忆

记忆渍起苦恼的黑泪，
在生活底纸上写满蝇头细字；
生活底纸可以撕成碎片，
记忆底笔迹永无磨灭之时。

啊！友谊底悲剧，希望底挽歌，
情热底战史，罪恶底供状——
啊！不堪卒读的文词哦！
是记忆底亲手笔，悲哀底旧文章！

请弃绝了我罢，拯救了我罢！
智慧哟！钩引记忆底奸细！
若求忘却那悲哀的文章，
除非要你赦脱了你我的关系！

# 太阳吟

太阳啊，刺得我心痛的太阳！
又逼走了游子底一出还乡梦，
又加他十二个时辰底九曲回肠！

太阳啊，火一样烧着的太阳！
烘干了小草尖头底露水，
可烘得干游子底冷泪盈眶？

太阳啊，六龙骖驾的太阳！
省得我受这一天天底缓刑，
就把五年当一天跪完那又何妨？

太阳啊——神速的金乌——太阳！
让我骑着你每日绕行地球一周，
也便能天天望见一次家乡！

太阳啊，楼角新升的太阳！

不是刚从我们东方来的吗？

我的家乡此刻可都依然无恙？


太阳啊，我家乡来的太阳！

北京城里底官柳裹上一身秋了罢？

唉！我也憔悴的同深秋一样！


太阳啊，奔波不息的太阳！

你也好像无家可归似的呢。

啊！你我的身世一样地不堪设想！


太阳啊，自强不息的太阳！

大宇宙许就是你的家乡罢。

可能指示我我底家乡底方向？


太阳啊，这不像我的山川，太阳！

这里的风云另带一般颜色，

这里鸟儿唱的调子格外凄凉。


太阳啊，生命之火底太阳！

但是谁不知你是球东半底情热，

同时又是球西半底智光?

太阳啊，也是我家乡底太阳!
此刻我回不了我往日的家乡，
便认你为家乡也还得失相偿。

太阳啊，慈光普照的太阳!
往后我看见你时，就当回家一次;
我的家乡不在地下乃在天上!

# 忆 菊

## ——重阳前一日作

插在长颈的虾青瓷的瓶里，

六方的水晶瓶里的菊花，

攒在紫藤仙姑篮里的菊花；

守着酒壶的菊花，

陪着螯盏的菊花；

未放，将放，半放，盛放的菊花。


镶着金边的绛色的鸡爪菊；

粉红色的碎瓣的绣球菊！

懒慵慵的江西腊哟；

倒挂着一饼蜂窠似的黄心，

仿佛是朵紫的向日葵呢。

长瓣抱心，密瓣平顶的菊花；

柔艳的尖瓣攒蕊的白菊

如同美人底拳着的手爪，

拳心里攫着一撮儿金粟。


檐前，阶下，篱畔，圃心底菊花：

霭霭的淡烟笼着的菊花，

丝丝的疏雨洗着的菊花，——

金底黄，玉底白，春酿底绿，秋山底紫，……


剪秋萝似的小红菊花儿；

从鹅绒到古铜色的黄菊；

带紫茎的微绿色的"真菊"

是些小小的玉管儿缀成的，

为的是好让小花神儿

夜里偷去当了笙儿吹着。


大似牡丹的菊王到底奢豪些，

他的枣红色的瓣儿，铠甲似的，

张张都装上银白的里子了；

星星似的小菊花蕾儿

还拥着褐色的萼被睡着觉呢。


啊！自然美底总收成啊！

我们祖国之秋底杰作啊！

啊！东方底花，骚人逸士底花呀！

那东方底诗魂陶元亮

不是你的灵魂底化身罢？

那祖国底登高饮酒的重九

不又是你诞生底吉辰吗？


你不像这里的热欲的蔷薇，

那微贱的紫萝兰更比不上你。

你是有历史，有风俗的花。

啊！四千年的华胄底名花呀！

你有高超的历史，你有逸雅的风俗！


啊！诗人底花呀！我想起你，

我的心也开成顷刻之花，

灿烂的如同你的一样；

我想起你同我的家乡，

我们的庄严灿烂的祖国，

我的希望之花又开得同你一样。


习习的秋风啊！吹着，吹着！

我要赞美我祖国底花！

我要赞美我如花的祖国！

请将我的字吹成一簇鲜花，

金底黄，玉底白，春酿底绿，秋山底紫，……

然后又统统吹散，吹得落英缤纷，

弥漫了高天，铺遍了大地！


秋风啊！习习的秋风啊！

我要赞美我祖国底花！

我要赞美我如花的祖国！

# 秋　色

——芝加哥洁阁森公园里

诗情也似并刀快，
剪得秋光入卷来。
　　——陆游

紫得像葡萄似的涧水
翻起了一层层金色的鲤鱼鳞。

几片剪形的枫叶，
仿佛朱砂色的燕子，
颠斜地在水面上
旋着，掠着，翻着，低昂着……

肥厚得熊掌似的
棕黄色的大橡叶，

在绿茵上狼藉着。

松鼠们张张慌慌地

在叶间爬出爬进，

搜猎着他们来冬底粮食。


成了年的栗叶

向西风抱怨了一夜，

终于得了自由，

红着干燥的脸儿，

笑嬉嬉地辞了故枝。


白鸽子，花鸽子，

红眼的银灰色的鸽子，

乌鸦似的黑鸽子，

背上闪着紫的绿的金光——

倦飞的众鸽子在阶下集齐了，

都将喙子插在翅膀里，

寂静悄静地打盹了。


水似的空气泛滥了宇宙；

三五个活泼泼的小孩，

（披着橘红的黄的黑的毛绒衫）

在丁香丛里穿着，
好像戏着浮萍的金鱼儿呢。

是黄浦江上林立的帆樯？
这数不清的削瘦的白杨
只竖在石青的天空里发呆。

倜傥的绿杨像位豪贵的公子，
裹着件平金的绣蟒，
一只手叉着腰身，
照着心烦的碧玉池，
玩媚着自身的模样儿。

凭在十二曲的水晶栏上，
晨曦瞰着世界微笑了，
笑出金子来了——
黄金笑在槐树上，
赤金笑在橡树上，
白金笑在白松皮上。

哦，这些树不是树了！
是些绚缦的祥云——

琥珀的云，玛瑙的云，
灵风扇着，旭日射着的云。


哦！这些树不是树了，
是百宝玲珑的祥云。


哦，这些树不是树了，
是紫禁城里的宫阙——
黄的琉璃瓦，
绿的琉璃瓦；
楼上起楼，阁外架阁……
小鸟唱着银声的歌儿，
是殿角的风铃底共鸣。
哦！这些树不是树了，
是金碧辉煌的帝京。


啊！斑斓的秋树啊！
陵阳公样的瑞锦，
土耳基底地毯，
Notre Dame底蔷薇窗，
Fra Angelico底天使画
都不及你这色彩鲜明哦！

啊！斑斓的秋树啊！

我羡煞你们这浪漫的世界，

这波希米亚的生活！

我羡煞你们的色彩！


哦！我要请天孙织件锦袍，

给我穿着你的色彩！

我要从葡萄，橘子，高粱……里

把你榨出来，喝着你的色彩！

我要借义山济慈底诗

唱着你的色彩！

在蒲寄尼底La Boheme里，

在七宝烧的博山炉里，

我还要听着你的色彩，

嗅着你的色彩！


哦！我要过个色彩的生活，

和这斑斓的秋树一般！

# 秋深了

秋深了，人病了。

人敌不住秋了；

镇日拥着件大氅，

像只煨灶的猫，

蜷在摇椅上摇……摇……摇……

想着祖国，

想着家庭，

想着母校，

想着故人，

想着不胜想，不堪想的胜境良朝。

春底荣华逝了，

夏底荣华逝了；

秋在对面嵌白框窗子的

金字塔似的木板房子檐下，

抱着香黄色的破头帕，

追想春夏已逝的荣华；

想的伤心时，

飒飒地洒下几点黄金泪。


啊！秋是追想底时期！

秋是堕泪底时期！

# 秋之末日

和西风酗了一夜的酒，

醉得颠头跌脑，

洒了金子扯了锦绣，

还呼呼地吼个不休。


奢豪的秋，自然底浪子哦！

春夏辛苦了半年，

能有多少的积蓄，

来供你这般地挥霍呢？

如今该要破产了罢！

# 废 园

一只落魄的蜜蜂，
像个沿门托钵的病僧，
游到被秋雨踢倒了的
一堆烂纸似的鸡冠花上，
闻了一闻，马上飞走了。

啊！零落底悲哀哟！
是蜂底悲哀？是花底悲哀？

# 小　溪

铅灰色的树影，

是一长篇恶梦，

横压在昏睡着的

小溪底胸膛上。

小溪挣扎着，挣扎着……

似乎毫无一点影响。

# 色　彩

生命是张没价值的白纸，

自从绿给了我发展，

红给了我情热，

黄教我以忠义，

蓝教我以高洁，

粉红赐我以希望，

灰白赠我以悲哀；

再完成这帧彩图，

黑还要加我以死。

从此以后，

我便溺爱于我的生命，

因为我爱他的色彩。

# 梦 者

假如那绿晶晶的鬼火

是墓中人底

梦里迸出的星光，

那我也不怕死了！

# 红 豆

此物最相思
　　　——王维


一

红豆似的相思啊！

一粒粒的

坠进生命底磁坛里了……

听他跳激底音声，

这般凄楚！

这般清切！


二

相思着了火，

有泪雨洒着，

还烧得好一点；

最难禁的，

是突如其来

赶不及哭的干相思。


## 三

意识在时间底路上旅行：

每逢插起一杆红旗之处，

那便是——

相思设下的关卡，

挡住行人，

勒索路捐的。


## 四

袅袅的篆烟啊！

是古丽的文章，

淡写相思底诗句。


## 五

比方有一屑月光，

偷来匍匐在你枕上，

刺着你的倦眼，

撩得你镇夜不睡，

你讨厌他不?

那么这样便是相思了!


## 六

相思是不作声的蚊子,

偷偷地咬了一口,

陡然痛了一下,

以后便是一阵底奇痒。


## 七

我的心是个没设防的空城,

半夜里忽被相思袭击了,

我的心旌

只是一片倒降;

我只盼望——

他恣情屠烧一回就去了;

谁知他竟永远占据着,

建设起宫墙来了呢?


## 八

有两样东西,

我总想撇开,

却又总舍不得：

我的生命，

同为了爱人儿的相思。


## 九

爱人啊！

将我作经线，

你作纬线，

命运织就了我们的婚姻之锦；

但是一帧回文锦哦！

横看是相思，

直看是相思，

顺看是相思，

倒看是相思，

斜看正看都是相思，

怎样看也看不出团圞二字。


## 一〇

我俩是一体了！

我们的结合，

至少也和地球一般圆满。

但你是东半球，

我是西半球，

我们又自己放着眼泪，

做成了这苍茫的太平洋，

隔断了我们自己。


一一

相思枕上的长夜，

怎样的厌厌难尽啊！

但这才是岁岁年年中之一夜，

大海里的一个波涛。

爱人啊！

叫我又怎样泗过这时间之海？


一二

我们有一天

相见接吻时，

若是我没小心，

掉出一滴苦泪，

渍痛了你的粉颊，

你可不要惊讶！

那里有多少年底

生了锈的情热底成分啊！

## 一三

我到底是个男子！

我们将来见面时，

我能对你哭完了，

马上又对你笑。

你却不必如此；

你可以仰面望着我，

像一朵湿蔷薇，

在霁后的斜阳里，

慢慢儿晒干你的眼泪。

## 一四

我把这些诗寄给你了，

这些字你若不全认识，

那也不要紧。

你可以用手指

轻轻摩着他们，

像医生按着病人的脉，

你许可以试出

他们紧张地跳着，

同你心跳底节奏一般。

## 一五

古怪的爱人儿啊！

我梦时看见的你

是背面的。

## 一六

在雪黯风骄的严冬里，

忽然出了一颗红日；

在心灰意冷的情绪里，

忽然起了一阵相思——

这都是我没料定的。

## 一七

讨诗债的债主

果然回来了！

我先不妨

倾了我的家资还着。

到底实在还不清了，

再剜出我的心头肉，

同心一起付给他罢。

## 一八

我昼夜唱着相思底歌儿。

他们说我唱得形容憔悴了，

我将浪费了我的生命。

相思啊！

我颂了你吗？

我是吐尽明丝的蚕儿，

死是我的休息；

我诅了你吗？

我是吐出毒剑底蜂儿，

死是我的刑罚。


## 一九

我是只惊弓的断雁，

我的嘴要叫着你，

又要衔着芦苇，

保障着我的生命。

我真狼狈哟！


## 二〇

扑不灭的相思，

莫非是生命之原上底野烧？

株株小草底绿意，
都要被他烧焦了啊！


## 二一

深夜若是一口池塘，
这飘在他的黛漪上的
淡白的小菱花儿，
便是相思底花儿了，
哦！他结成青的，血青的，
有尖角的果子了！


## 二二

我们的春又回来了，
我搜尽我的诗句，
忙写着红纸的宜春帖。
我也不妨就便写张
"百无禁忌"。
从此我若失错触了忌讳，
我们都不必介意罢！


## 二三

我们是两片浮萍：

从我们聚散底速率

同距离底远度，

可以看出风儿底缓急，

浪儿底大小。


## 二四

我们是鞭丝抽拢的伙伴，

我们是鞭丝抽散的离侣。

万能的鞭丝啊！

叫我们赞颂吗？

还是诅咒呢？


## 二五

我们弱者是鱼肉；

我们曾被求福者

重看了盛在筮笕里，

供在礼教底龛前。

我们多么荣耀啊！


## 二六

你明白了吗？

我们是照着客们吃喜酒的

一对红蜡烛；

我们站在桌子底

两斜对角上，

悄悄地烧着我们的生命，

给他们凑热闹。

他们吃完了，

我们的生命也烧尽了。


## 二七

若是我的话

讲得太多，

讲到末尾，

便胡讲一阵了，

请你只当我灶上的烟囱：

口里虽蓬蓬地吐着黑灰，

心里依旧是红热的。


## 二八

这算他圆满底三绝罢！——

莲子，

泪珠儿，

我们的婚姻。

## 二九

这一滴红泪：

不是别后的清愁，

却是聚前的炎痛。


## 三〇

他们削破了我的皮肉，

冒着险将伊的枝儿

强蛮地插在我的茎上。

如今我虽带着瘿肿的疤痕，

却开出从来没开过的花儿了。

他们是怎样狠心的聪明啊！

但每回我瞟出看花的人们

上下抛着眼珠儿，

打量着我的茎儿时，

我的脸就红了！


## 三一

哦，脑子啊！

刻着虫书鸟篆的

一块妖魔的石头，

是我的佩刀底砺石，

也是我爱河里的礁石，

爱人儿啊！

这又是我俩之间的界石！


## 三二

幽冷的星儿啊！

这般零乱的一团！

爱人儿啊！

我们的命运，

都摆布在这里了！


## 三三

冬天底长夜，

好不容易等到天明了，

还是一块冷冰冰的，

铅灰色的天宇，

那里看得见太阳呢？

爱人啊！哭罢！哭罢！

这便是我们的将来哟！


## 三四

我是狂怒的海神，

你是被我捕着的一叶轻舟。

我的情潮一起一落之间，

我笑着看你颠簸；

我的千百个涛头

用白晃晃的锯齿咬你，

把你咬碎了，

便和樯带舵吞了下去。


## 三五

夜鹰号咷地叫着；

北风拍着门环，

撕着窗纸，

撞着墙壁，

掀着屋瓦，

非闯进来不可。

红烛只不息地淌着血泪，

凝成大堆赤色的石钟乳。

爱人啊！你在那里？

快来剪去那乌云似的烛花，

快窝着你的素手

遮护着这抖颤的烛焰！

爱人啊！你在那里？

## 三六

当我告诉你们：

我曾在玉箫牙板，

一派悠扬的细乐里，

亲手掀起了伊的红盖帕；

我曾著着银烛，

一壁撷着伊的凤钗，

一壁在伊耳边问道：

"认得我吗？"

朋友们啊！

当你们听我讲这些故事时；

我又在你们的笑容里，

认出了你们私心的艳羡。

## 三七

这比我的新人，

谁个温柔？

从炉面镂空的双喜字间，

吐出了一线蜿蜒的香篆。

## 三八

你午睡醒来，

脸上印着红凹的簟纹，

怕是链子锁着的

梦魂儿罢？

我吻着你的香腮，

便吻着你的梦儿了。


# 三九

我若替伊画像，

我不许一点人工产物

污秽了伊的玉体。

我并不是用画家底肉眼，

在一套曲线里看伊的美；

但我要描出我常梦着的伊——

一个通灵澈洁的裸体的天使！

所以为免除误会起见，

我还要叫伊这两肩上

生出一双翅膀来。

若有人还不明白，

便把伊错认作一只彩凤，

那倒没什么不可。

## 四〇

假如黄昏时分，

忽来了一阵雷电交加的风暴，

不须怕得呀，爱人！

我将紧拉着你的手，

到窗口并肩坐下，

我们一句话也不要讲，

我们只凝视着

我们自己的爱力

在天边碰着，

碰出些金箭似的光芒，

炫瞎我们自己的眼睛。


## 四一

有酸的，有甜的，有苦的，有辣的。

豆子都是红色的，

味道却不同了。

辣的先让礼教尝尝！

苦的我们分着囫囵地吞下。

酸的酸得像梅子一般，

不妨细嚼着止止我们的渴。

甜的呢！

啊！甜的红豆都分送给邻家作种子罢！

## 四二

我唱过了各样的歌儿，

单单忘记了你。

但我的歌儿该当越唱越新，越美。

这些最后唱的最美的歌儿，

一字一颗明珠，

一字一颗热泪，

我的皇后啊！

这些算了我赎罪底菲仪，

这些我跪着捧献给你。

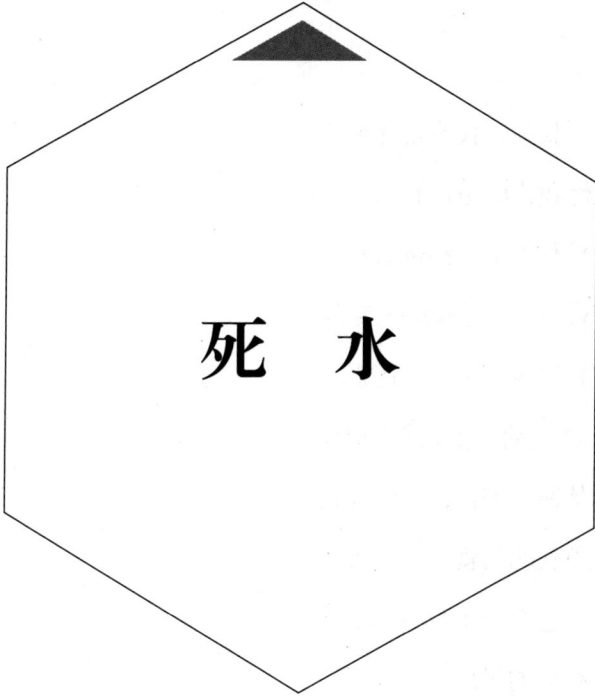

死　水

# 口　供

我不骗你，我不是什么诗人，
纵然我爱的是白石的坚贞，
青松和大海，鸦背驮着夕阳，
黄昏里织满了蝙蝠的翅膀。
你知道我爱英雄，还爱高山，
我爱一幅国旗在风中招展，
自从鹅黄到古铜色的菊花。
记着我的粮食是一壶苦茶！
可是还有一个我，你怕不怕？——
苍蝇似的思想，垃圾桶里爬。

# 收　回

那一天只要命运肯放我们走！
不要怕；虽然得走过一个黑洞，
你大胆的走：让我掇着你的手；
也不用问那里来的一阵阴风。

只记住了我今天的话，留心那
一掬温存，几朵吻，留心那几炷笑，
都给拾起来，没有差；——记住我的话，
拾起来，还有珊瑚色的一串心跳。

可怜今天苦了你——心渴望着心——
那时候该让你拾，拾一个痛快，
拾起我们今天损失了的黄金。
那斑斓的残瓣，都是我们的爱，
拾起来，戴上。
你戴着爱的圆光，
我们再走，管他是地狱，是天堂！

# "你指着太阳起誓"

你指着太阳起誓，叫天边的寒雁①
说你的忠贞。好了，我完全相信你，
甚至热情开出泪花，我也不诧异。
只是你要说什么海枯，什么石烂……
那便笑得死我。这一口气的工夫
还不够我陶醉的？还说什么"永久"？
爱，你知道我只有一口气的贪图，
快来箍紧我的心，快！啊，你走，你走……

我早算就了你那一手——也不是变卦——
"永久"早许给了别人，秕糠是我的份，
别人得的才是你的菁华——不坏的千春。
你不信？假如一天死神拿出你的花押，
你走不走？去去！去恋着他的怀抱，
跟他去讲那海枯石烂不变的贞操！

--------

①寒雁，有的版本写作"凫雁"。

# 什么梦？

一排雁字仓皇的渡过天河，
寒雁的哀呼从她心里穿过，
　"人啊，人啊"她叹道，
　"你在那里，在那里叫着我？"

黄昏拥着恐怖，直向她进逼，
一团剧痛沉淀在她的心里，
　"天啊，天啊"她叫道，
　"这到底，到底是什么意义？"
道是那样长，行程又在夜里，
她站在生死的门限上犹夷，
　"烦闷，烦闷"她想道，
　"我将永远，永远结束了你！"

决断写在她脸上，——决断的从容，……
忽然摇篮里哇的一阵警钟，

"儿啊，儿啊" 她哭了，

"我做的是什么是什么梦？"

# 大鼓师

我挂上一面豹皮的大鼓，

我敲着它游遍了一个世界，

我唱过了形形色色的歌儿，

我也听饱了喝不完的彩。


一角斜阳倒挂在檐下，

我蹑着芒鞋，踏入了家村。

"咱们自己的那只歌儿呢？"

她赶上前来，一阵的高兴。


我会唱英雄，我会唱豪杰，

那倩女情郎的歌，我也唱，

若要问到咱们自己的歌，

天知道，我真说不出的心慌！


我却吞下了悲哀，叫她一声，

"快拿我的三弦来，快呀快！
这只破鼓也忒嫌闹了，我要
那弦子弹出我的歌儿来。"

我先弹着一群白鸽在霜林里，
珊瑚爪儿踩着黄叶一堆；
然后你听那秋虫在石缝里叫，
忽然又变了冷雨洒着柴扉。

洒不尽的雨，流不完的泪，……
我叫声"娘子"！把弦子丢了，
"今天我们拿什么作歌来唱？
歌儿早已化作泪儿流了！

"怎么？怎么你也抬不起头来？
啊！这怎么办，怎么办！……
来！你来！我兜出来的悲哀，
得让我自己来吻它干。

"只让我这样呆望着你，娘子，
像窗外的寒蕉望着月亮，
让我只在静默中赞美你，

可是总想不出什么歌来唱。

"纵然是刀斧削出的连理枝，
你瞧，这姿势一点也没有扭。
我可怜的人，你莫疑我，
我原也不怪那挥刀的手。

"你不要多心，我也不要问，
山泉到了井底，还往那里流？
我知道你永远起不了波澜，
我要你永远给我润着歌喉。

"假如最末的希望否认了孤舟，
假如你拒绝了我，我的船坞！
我战着风涛，日暮归来，
谁是我的家，谁是我的归宿？

"但是，娘子啊！在你的尊前，
许我大鼓三弦都不要用；
我们委实没有歌好唱，我们
既不是儿女，又不是英雄！"

# 狼　狈

假如流水上一抹斜阳
悠悠的来了，悠悠的去了；
假如那时不是我不留你，
那颗心不由我作主了。

假如又是灰色的黄昏
藏满了蝙蝠的翅膀；
假如那时不是我不念你，
那时的心什么也不能想。

假如落叶像败阵纷逃，
暗影在我这窗前睥睨；
假如这颗心不是我的了，
女人，教它如何想你？

假如秋夜也这般的寂寥……

嘿！这是谁在我耳边讲话？

这分明不是你的声音，女人；

假如她偏偏要我降她。

## 你莫怨我

你莫怨我！
这原来不算什么，
人生是萍水相逢，
让他萍水样错过。
你莫怨我！

你莫问我！
泪珠在眼边等着，
只须你说一句话，
一句话便会碰落，
你莫问我！

你莫惹我！
不要想灰上点火。
我的心早累倒了，
最好是让它睡着！

你莫惹我!

你莫碰我!
你想什么，想什么?
我们是萍水相逢,
应得轻轻错过。
你莫碰我!

你莫管我!
从今加上一把锁;
再不要敲错了门,
今回算我撞的祸,
你莫管我!

# 你 看

你看太阳像眠后的春蚕一样，
镇日吐不尽黄丝似的光芒；
你看负暄的红襟在电杆梢上
酣眠的锦鸭泊在老柳根旁。

你眼前又陈列着青春的宝藏，
朋友们，请就在这眼前欣赏；
你有眼睛请再看青山的峦嶂，
但莫向那山外探望你的家乡。

你听听那枝头颂春的梅花雀，
你得揩干眼泪和他一只歌。
朋友，乡愁最是个无情的恶魔，
他能教你眼前的春光变作沙漠。

你看春风解放了冰镇的寒溪，

半溪白齿琮琮的漱着涟漪，

细草又织就了釉釉的绿意，

白杨枝上招展着幺小的银旗。


朋友们，等你看到了故乡的春，

怕不要老尽春光老尽了人？

呵，不要探望你的家乡，朋友们，

家乡是个贼，他能偷去你的心！

# 忘掉她

忘掉她，像一朵忘掉的花，——
那朝霞在花瓣上，
那花心的一缕香——
忘掉她，像一朵忘掉的花！

忘掉她，像一朵忘掉的花！
像春风里一出梦，
像梦里的一声钟，
忘掉她，像一朵忘掉的花！

忘掉她，像一朵忘掉的花！
听蟋蟀唱得多好，
看墓草长得多高；
忘掉她，像一朵忘掉的花！

忘掉她，像一朵忘掉的花！

她已经忘记了你，

她什么都记不起；

忘掉她，像一朵忘掉的花！


忘掉她，像一朵忘掉的花！

年华那朋友真好，

他明天就教你老；

忘掉她，像一朵忘掉的花！


忘掉她，像一朵忘掉的花！

如果是有人要问，

就说没有那个人；

忘掉她，像一朵忘掉的花！


忘掉她，像一朵忘掉的花！

像春风里一出梦，

像梦里的一声钟，

忘掉她，像一朵忘掉的花！

# 泪 雨

他在那生命的阳春时节，
曾流着号饥号寒的眼泪；
那原是舒生解冻的春霖，
却也兆征了生命的哀悲。

他少年的泪是连绵的阴雨，
暗中浇熟了酸苦的黄梅；
如今黑云密布，雷电交加，
他的泪像夏雨一般的滂沛。

中途的怅惘，老大的蹉跎，
他知道中年的苦泪更多，
中年的泪定似秋雨淅沥，
梧桐叶上敲着永夜的悲歌。

谁说生命的残冬没有眼泪？

老年的泪是悲哀的总和；

他还有一掬结晶的老泪，

要开作漫天愁人的花朵。

# 末　日

露水在笕筒里哽咽着，
芭蕉的绿舌头舐着玻璃窗，
四围的垩壁都往后退，
我一人填不满偌大一间房。

我心房里烧上一盆火，
静候着一个远道的客人来，
我用蛛丝鼠矢喂火盆，
我又用花蛇的鳞甲代劈柴。

鸡声直催，盆里一堆灰，
一股阴风偷来摸着我的口，
原来客人就在我眼前，
我咳嗽一声，就跟着客人来。

# 死 水

这是一沟绝望的死水，
清风吹不起半点漪沦。
不如多扔些破铜烂铁，
爽性泼你的剩菜残羹。

也许铜的要绿成翡翠，
铁罐上锈出几瓣桃花；
再让油腻织一层罗绮，
霉菌给他蒸出些云霞。

让死水酵成一沟绿酒，
飘满了珍珠似的白沫；
小珠们笑声变成大珠①，
又被偷酒的花蚊咬破。

—————————

①此句有的版本写作"小珠笑一声变成大珠"。

那么一沟绝望的死水①，

也就夸得上几分鲜明。

如果青蛙耐不住寂寞，

又算死水叫出了歌声。


这是一沟绝望的死水，

这里断不是美的所在，

不如让给丑恶来开垦，

看他造出个什么世界。

---

①此句有的版本写作"绝望的一沟死水"。

# 春　光

静得像入定了的一般，那天竹，

那天竹上密叶遮不住的珊瑚；

那碧桃；在朝暾里运气的麻雀。

春光从一张张的绿叶上爬过。

蓦地一道阳光晃过我的眼前，

我眼睛里飞出了万只的金箭，

我耳边又谣传着翅膀的摩声，

仿佛有一群天使在空中逻巡……


忽地深巷里迸出了一声清籁：

"可怜可怜我这瞎子，老爷太太！"

# 黄　昏

黄昏是一头迟笨的黑牛，
一步一步的走下了西山；
不许把城门关锁得太早，
总要等黑牛走进了城圈。

黄昏是一头神秘的黑牛，
不知他是那一界的神仙——
天天月亮要送他到城里，
一早太阳又牵上了西山。

# 我要回来

我要回来，
乘你的拳头像兰花未放，
乘你的柔发和柔丝一样，
乘你的眼睛里燃着灵光，
我要回来。

我没回来，
乘你的脚步像风中荡桨，
乘你的心灵像痴蝇打窗，
乘你笑声里有银的铃铛，
我没回来。

我该回来，
乘你的眼睛里一阵昏迷，
乘一口阴风把残灯吹熄，
乘一只冷手来掇走了你，

我该回来。

我回来了，
乘流萤打着灯笼照着你，
乘你的耳边悲啼着莎鸡，
乘你睡着了，含一口沙泥，
我回来了。

# 夜　歌

癞虾蟆抽了一个寒噤，
黄土堆里攒出个妇人，
妇人身旁找不出阴影，
月色却是如此的分明。

黄土堆里攒出个妇人，
黄土堆上并没有裂痕，
也不曾惊动一条蚯蚓，
或绷断蜻蜓一根网绳。

月光底下坐着个妇人，
妇人的容貌好似青春，
猩红衫子血样的狰狞，
鬅松的散发披了一身。

妇人在号咷，捶着胸心，

癞虾蟆只是打着寒噤，

远村的荒鸡哇的一声，

黄土堆上不见了妇人。

# 静 夜①

这灯光， 这灯光漂白了的四壁；

这贤良的棹椅， 朋友似的亲密；

这古书的纸香一阵阵的袭来；

要好的茶杯贞女一般的洁白；

受哺的小儿唛呷在母亲怀里，

鼾声报道我大儿康健的消息……

这神秘的静夜， 这浑圆的和平，

我喉咙里颤动着感谢的歌声。

但是歌声马上又变成了诅咒，

静夜！ 我不能， 不能受你的贿赂。

谁希罕你这墙内尺方的和平！

我的世界还有更辽阔的边境。

这四墙既隔不断战争的喧嚣，

——————————

①本诗原题为《心跳》，后据先生选诗订正本改为
《静夜》。

你有什么方法禁止我的心跳？

最好是让这口里塞满了沙泥，

如其它只会唱着个人的休戚！

最好是让这头颅给田鼠掘洞，

让这一团血肉也去喂着尸虫，

如果只是为了一杯酒，一本诗，

静夜里钟摆摇来的一片闲适，

就听不见了你们四邻的呻吟，

看不见寡妇孤儿抖颤的身影，

战壕里的痉挛，疯人咬着病榻，

和各种惨剧在生活的磨子下。

幸福！我如今不能受你的私贿，

我的世界不在这尺方的墙内。

听！又是一阵炮声，死神在咆哮。

静夜！你如何能禁止我的心跳？

## 一个观念

你隽永的神秘，你美丽的谎，
你倔强的质问，你一道金光，
一点儿亲密的意义，一股火，
一缕缥缈的呼声，你是什么？
我不疑，这因缘一点也不假，
我知道海洋不骗他的浪花。
既然是节奏，就不该抱怨歌。
啊，横暴的威灵，你降伏了我，
你降伏了我！你绚缦的长虹——
五千多年的记忆，你不要动，
如今我只问怎样抱得紧你……
你是那样的横蛮，那样美丽！

# 发　现

我来了，我喊一声，进着血泪，

"这不是我的中华，不对，不对！"

我来了，因为我听见你叫我；

鞭着时间的罡风，擎一把火，

我来了，不知道是一场空喜。

我会见的是噩梦，那里是你？

那是恐怖，是噩梦挂着悬崖，

那不是你，那不是我的心爱！

我追问青天，逼迫八面的风，

我问，（拳头擂着大地的赤胸，）

总问不出消息；我哭着叫你，

呕出一颗心来，——在我心里！

# 祈　祷

请告诉我谁是中国人，
启示我，如何把记忆抱紧；
请告诉我这民族的伟大，
轻轻的告诉我，不要喧哗！

请告诉我谁是中国人，
谁的心里有尧舜的心，
谁的血是荆轲聂政的血，
谁是神农黄帝的遗孽。

告诉我那智慧来得离奇，
说是河马献来的馈礼；
还告诉我这歌声的节奏，
原是九苞凤凰的传授。

谁告诉我戈壁的沉默，

和五岳的庄严？又告诉我
泰山的石溜还滴着忍耐，
大江黄河又流着和谐？

再告诉我，那一滴清泪
是孔子吊唁死麟的伤悲？
那狂笑也得告诉我才好，——
庄周，淳于髡，东方朔的笑。

请告诉我谁是中国人，
启示我，如何把记忆抱紧；
请告诉我这民族的伟大，
轻轻的告诉我，不要喧哗！

# 一句话

有一句话说出就是祸，
有一句话能点得着火。
别看五千年没有说破，
你猜得透火山的缄默？
说不定是突然着了魔，
突然青天里一个霹雳
爆一声：
　"咱们的中国！"

这话叫我今天怎么说？
你不信铁树开花也可，
那么有一句话你听着：
等火山忍不住了缄默，
不要发抖，伸舌头，顿脚，
等到青天里一个霹雳
爆一声：
　"咱们的中国！"

# 荒 村

"……临淮关梁园镇间一百八十里之距离，已完全断绝人烟。汽车道两旁之村庄，所有居民，逃避一空。农民之家具木器，均以绳相连，沉于附近水塘稻田中，以避火焚。门窗俱无，中以棺材或石堵塞。一至夜间，则灯火全无。鸡犬豕等觅食野间，亦无人看守。而间有玫瑰芍药犹墙隅自开。新出稻秧，翠蔼宜人。草木无知，其斯之谓欤？"

——民国十六年五月十九日《新闻报》

他们都上那里去了？怎么

虾蟆蹲在甑上，水瓢里开白莲；

桌椅板凳在田里堰里飘着；

蜘蛛的绳桥从东屋往西屋牵？

门框里嵌棺材，窗棂里镶石块！

这景象是多么古怪多么惨！

镰刀让它锈着快锈成了泥，

抛着整个的鱼网在灰堆里烂。

天呀！这样的村庄都留不住他们！

玫瑰开不完，荷叶长成了伞；

秧针这样尖，湖水这样绿，

天这样青，鸟声像露珠样圆。

这秧是怎样绿的，花儿谁叫红的？

这泥里和着谁的血，谁的汗？

去得这样的坚决，这样的脱洒，

可有什么苦衷，许了什么心愿？

如今可有人告诉他们：这里

猪在大路上游，鸭往猪群里攒，

雄鸡踏翻了芍药，牛吃了菜——

告诉他们太阳落了，牛羊不下山，

一个个的黑影在岗上等着，

四合的峦嶂龙蛇虎豹一般，

它们望一望，打了一个寒噤，

大家低下头来，再也不敢看；

（这也得告诉他们）它们想起往常

暮寒深了，白杨在风里颤，

那时只要站在山头嚷一句，

山路太险了，还有主人来搀；

然后笛声送它们踏进栏门里，

那稻草多么香，屋子多么暖！

它们想到这里，滚下了一滴热泪，

大家挤作一堆，脸偎着脸……

去！去告诉它们主人，告诉他们，

什么都告诉他们，什么也不要瞒！

叫他们回来！叫他们回来！

问他们怎么自己的牲口都不管？

他们不知道牲口是和小儿一样吗？

可怜的畜生它们多么没有胆！

喂！你报信的人也上那里去了？

快去告诉他们——告诉王家老三，

告诉周大和他们兄弟八个，

告诉临淮关一带的庄稼汉，

还告诉那红脸的铁匠老李，

告诉独眼龙，告诉徐半仙，

告诉黄大娘和满村庄的妇女——

告诉他们这许多的事，一件一件。

叫他们回来，叫他们回来！

这景象是多么古怪多么惨！

天呀！这样的村庄留不住他们；

这样一个桃源，瞧不见人烟！

# 罪　过

老头儿和担子摔一交，
满地是白杏儿红樱桃。
老头儿爬起来直哆嗦，
　"我知道我今日的罪过！"

　"手破了，老头儿你瞧瞧。"
　"唉！都给压碎了，好樱桃！"
　"老头儿你别是病了罢？
你怎么直楞着不说话？"

　"我知道我今日的罪过，
一早起我儿子直催我。
我儿子躺在床上发狠，
他骂我怎么还不出城。"

　"我知道今日个不早了，
没想到一下子睡着了。
这叫我怎么办，怎么办？

回头一家人怎么吃饭？"

老头儿拾起来又掉了，

满地是白杏儿红樱桃。

# 天安门

好家伙！今日可吓坏了我！

两条腿到这会儿还哆嗦。

瞧着，瞧着，都要追上来了，

要不，我为什么要那么跑？

先生，让我喘口气，那东西，

你没有瞧见那黑漆漆的，

没脑袋的，蹶腿①的，多可怕，

还摇晃着白旗儿说着话……

这年头真没法办，你问谁？

真是人都办不了，别说鬼。

还开会啦，还不老实点儿！

你瞧，都是谁家的小孩儿，

不才十来岁儿吗？干吗的？

脑袋瓜上不是使枪轧的？

————————————

①腿，有的版本写作"脚"。

先生，听说昨日又死了人，

管包死的又是傻学生们。

这年头儿也真有那怪事，

那学生们有的喝，有的吃，——

咱二叔头年死在杨柳青，

那是饿的没法儿去当兵，——

谁拿老命白白的送阎王！

咱一辈子没撒过谎，我想

刚灌上俩子儿油，一整勺，

怎么走着走着瞧不见道。

怨不得小秃子吓掉了魂，

劝人黑夜里别走天安门。

得！就算咱拉车的活倒霉，

赶明日北京满城都是鬼！

# 飞毛腿

我说飞毛腿那小子也真够瘪扭，

管包是拉了半天车得半天歇着，

一天少了说也得二三两白干儿，

醉醺醺的一死儿拉着人谈天儿。

他妈的谁能陪着那个小子混呢？

"天为啥是蓝的？"没事他该问你。

还吹他妈什么箫，你瞧那副神儿，

窝着件破棉袄，老婆的，也没准儿，

再瞧他擦着那车上的俩大灯罢，

擦着擦着问你曹操有多少人马。

成天儿车灯车把且擦且不完啦，

我说"飞毛腿你怎不擦擦脸啦？"

可是飞毛腿的车擦得真够亮的，

许是得擦到和他那心地一样的！

嘻！那天河里飘着飞毛腿的尸首，……

飞毛腿那老婆死得太不是时候。

# 洗衣歌

洗衣是美国华侨最普遍的职业，因此留学生常常被人问道："你爸爸是洗衣裳的吗？"

（一件，两件，三件，）
洗衣要洗干净！
（四件，五件，六件，）
熨衣要熨得平！

我洗得净悲哀的湿手帕，
我洗得白罪恶的黑汗衣，
贪心的油腻和欲火的灰，……
你们家里一切的脏东西，
交给我洗，交给我洗。

铜是那样臭，血是那样腥，
脏了的东西你不能不洗，

洗过了的东西还是得脏，
你忍耐的人们理它不理？
替他们洗！替他们洗！

你说洗衣的买卖太下贱，
肯下贱的只有唐人不成？
你们的牧师他告诉我说：
耶稣的爸爸做木匠出身，
你信不信？你信不信？

胰子白水耍不出花头来，
洗衣裳原比不上造兵舰。
我也说这有什么大出息——
流一身血汗洗别人的汗？
你们肯干？你们肯干？

年去年来一滴思乡的泪，
半夜三更一盏洗衣的灯……
下贱不下贱你们不要管，
看那里不干净那里不平，
问支那人，问支那人。

我洗得净悲哀的湿手帕，

我洗得白罪恶的黑汗衣，

贪心的油腻和欲火的灰，

你们家里一切的脏东西，

交给我——洗，交给我——洗。


（一件，两件，三件，）

洗衣要洗干净！

（四件，五件，六件，）

熨衣要熨得平！

# 闻一多先生的书桌

忽然一切的静物都讲话了，
忽然间书桌上怨声腾沸：
墨盒呻吟道"我渴得要死！"
字典喊雨水渍湿了他的背；

信笺忙叫道弯痛了他的腰；
钢笔说烟灰闭塞了他的嘴，
毛笔讲火柴烧秃了他的须，
铅笔抱怨牙刷压了他的腿；

香炉咕喽着"这些野蛮的书
早晚定规要把你挤倒了！"
大钢表叹息快睡锈了骨头；
"风来了！风来了！"稿纸都叫了；

笔洗说他分明是盛水的，

怎么吃得惯臭辣的雪茄灰；

桌子怨一年洗不上两回澡，

墨水壶说"我两天给你洗一回。"


"什么主人？谁是我们的主人？"

一切的静物都同声骂道，

"生活若果是这般的狼狈，

倒还不如没有生活的好！"


主人咬着烟斗迷迷的笑，

"一切的众生应该各安其位。

我何曾有意的糟蹋你们，

秩序不在我的能力之内。"

集外诗

# 笑

朝日里的秋忍不住笑了——

笑出金子来了——

黄金笑在槐树上，

赤金笑在橡树上

白金笑在白皮树上。


硕健的杨树，

裹着件拼金的绿衫，

一只手叉着腰，

守在池边微笑；

矮小的丁香

躲在墙脚下微笑。


白杨笑完了，

只孤零零地：

竖在石青色的天空里发呆。

成年了的标叶①，

向西风抱怨了一夜，

终于得了自由，

红着脸儿，

笑嬉嬉地脱离了故枝。

———————————

① "标叶"当为"栗叶"之误。

# 七子之歌

　　邶有七子之母不安其室。七子自怨自艾，冀以回其母心。诗人作《凯风》以愍之。吾国自《尼布楚条约》迄旅大之租让，先后丧失之土地，失养于祖国，受虐于异类，臆其悲哀之情，盖有甚于《凯风》之七子。因择其与中华关系最亲切者七地，为作歌各一章，以抒其孤苦亡告，眷怀祖国之哀忱，亦以励国人之奋兴云尔。国疆崩丧，积日既久，国人视之漠然。不见夫法兰西之 Alsace－Lorraine耶？"精诚所至，金石能开。"诚如斯，中华"七子"之归来其在旦夕乎！

## 澳门

你可知"妈港"不是我的真名姓？……
我离开你的襁褓太久了，母亲！
但是他们掳去的是我的肉体，
你依然保管着我内心的灵魂。

三百年来梦寐不忘的生母啊！

请叫儿的乳名，叫我一声"澳门"！

母亲！我要回来，母亲！


## 香港

我好比凤阙阶前守夜的黄豹，

母亲呀，我身份虽微，地位险要。

如今狞恶的海狮扑在我身上，

啖着我的骨肉，咽着我的脂膏；

母亲呀，我哭泣号啕，呼你不膺。

母亲呀，快让我躲入你的怀抱！

母亲！我要回来，母亲！


## 台湾

我们是东海捧出的真珠一串，

琉球是我的群弟我就是台湾。

我胸中还氤氲着郑氏的英魂，

精忠的赤血点染了我的家传。

母亲！酷炎的夏日要晒死我了；

赐我个号令，我还能背城一战。

母亲！我要回来，母亲！

## 威海卫

再让我看守着中华最古的海，

这边岸上原有圣人的丘陵在。

母亲，莫忘了我是防海的健将，

我有一座刘公岛作我的盾牌。

快救我回来呀！时期已经到了。

我背后葬的尽是圣人的遗骸！

母亲！我要回来，母亲！


## 广州湾

东海和硇洲是我的一双管钥，

我是神州后门上的一把铁锁。

你为什么把我借给一个盗贼？

母亲呀，你千万不该抛弃了我！

母亲，让我快回到你的膝前来，

我要紧紧的拥抱着你的脚髁。

母亲！我要回来，母亲！


## 九龙

我的胞兄香港在诉他的苦痛，

母亲呀，可记得你的幼女九龙？

自从我下嫁给那镇海的魔王，

我何曾有一天不在泪涛汹涌！

母亲，我天天数着归宁的吉日，

我只怕希望要变作一场空梦。

母亲！我要回来，母亲！

## 旅顺，大连

我们是旅顺，大连，孪生的兄弟。

我们的命运应该如何的比拟？——

两个强邻将我们来回的蹴踏，

我们是暴徒脚下的两团烂泥。

母亲，归期到了，快领我们回来。

你不知道儿们如何的想念你！

母亲！我们要回来，母亲！

# 长城下之哀歌

啊！五千年文化底纪念碑哟！

伟大的民族底伟大的标帜！……

哦，那里是赛可罗坡底石城？

那里是贝比楼？那里是伽勒寺？

这都是被时间蠹蚀了的名词；

长城！肃杀的时间还伤不了你。


长城啊！你又是旧中华底墓碑，

我是这墓中的一个孤鬼——

我坐在墓上痛哭，哭到地裂天开，

可才能找见旧中华底灵魂，

并同我自己的灵魂之所在？……

长城啊！你原是旧中华底墓碑！


长城啊！老而不死的长城啊！

你还守着那九曲的黄河吗？

你可听见他那消沉的脉搏？

你的同僚怕不就是那金字塔？

金字塔，他虽守不住他的山河，

长城啊！你可守得住你的文化！


你是一条身长万里的苍龙，

你送帝轩辕升天去回来了，

偃卧在这里，头枕沧海，尾蹋昆仑，

你偃卧在这里看护他的子孙。

长城啊！你可尽了你的责任？

怎么黄帝的子孙终于"披发左衽！"


你又是一座曲折的绣屏：

我们在屏后的华堂上宴饮——

日月是我们的两柱纱灯，

海水天风和着我们高咏，

直到时间也为我们驻辔流连，

我们便挽住了时间放怀酣寝。


长城！你为我们的睡眠担当保障；

待我们睡锈了我们的筋骨，

待我们睡忘了我们的理想，

流贼们忽都爬过我们的围屏，

我们那能御抗？我们只得投降，

我们只得归附了狐群狗党。


长城啊！你何曾隔阂了匈奴，吐蕃？

你又何曾障阻了辽，金，金，满？……

古来只有塞下的雪没马蹄，

古来只有塞上的烽烟云卷，

古来还有胡骢载着一个佳人，

抱着琵琶饮泣，驰出了玉关！……


唉！何须追忆得昨日的辛酸！

昨日的辛酸怎比今朝的劫数？

昨日的敌人是可汗，是单于，

都幸而闯入了我们的门庭，

洗尽腥膻，攀上了文明的坛府，——

昨日的敌人还是我们的同族。


但是今日的敌人，今日的敌人，

是天灾？是人祸？是魔术？是妖氛？

哦，铜筋铁骨，嚼火漱雾的怪物，

运输着罪孽，散播着战争，……
哦，怕不要扑熄了我们的日月，
怕不要捣毁了我们乾坤！

啊！从今那有珠帘半卷的高楼，
镇日里睡鸭焚香，龙头泻酒，
自然歌稳了太平，舞清了宇宙？
从今那有石坛丹灶的道院，
一树的碧阴，满庭的红日，——
童子煎茶，烧着了枯藤一束？

那有窗外的一树寒梅，万竿斜竹，
窗里的幽人抚着焦桐独奏？
再那有荷锄的农夫踏着夕阳，
歌声响在山前，人影没入山后？
又那有柳荫下系着的渔舟，
和细雨斜风催不回去的渔叟？

哦，从今只有暗无天日的绝壑，
装满了么小微茫的生命，
像黑蚁一般的，东西驰骋，——
从今只有半死的囚奴，鹄面鸠形，

抱着金子从矿坑里爬上来，

给吃人的大王们献寿谢恩。


从今只有数不清的烟突，

仿佛昂头的毒蟒在天边等候，

又像是无数惊恐的恶魔，

　伸起了巨手千只，向天求救；

从今瞥着万只眼睛的街市上，

骷髅拜骷髅，骷髅赶着骷髅走。


啊！你们夸道未来的中华，

就夸道万里的秦岭蜀山，

剖开腹脏，泻着黄金，泻着宝钻；

夸道我们铁路络绎的版图，

就像是网脉式的楮叶一片，

停泊在太平洋底白浪之间。


又夸道麕载归来的战舰商轮，

载着金的，银的，形形色色的货币，

镌着英皇乔治，美总统林肯，

各国元首底肖像，各国底国名；

夸道西欧底海狮，北美底苍隼，

俯首锻翮，都在上国之前请命。


你们夸道东方的日耳曼，

你们夸道又一个黄种的英伦，——

哈哈！夸道四千年文明神圣，

俯首帖耳的堕入狗党狐群！

啊！新的中华吗？假的中华哟！

同胞啊！你们才是自欺欺人！


哦，鸿荒的远祖——神农，黄帝！

哦，先秦的圣哲——老聃，宣尼！

吟着美人香草的爱国诗人！

饿死西山和悲歌易水的壮士！

哦，二十四史里一切的英灵！

起来呀，起来呀，请都兴起，——


请鉴察我的悲哀，做我的质证，

请来看看这明日的中华——

庶祖列宗啊！我要请问你们：

这纷纷的四万万走肉行尸，

你们还相信是你们的血裔？

你们还相信是你们的子孙？

神灵的祖宗啊！事到如今，

我当怨你们筑起这各种城寨，

把城内文化底种子关起了，

不许他们自由飘播到城外，

早些将礼义底花儿开遍四邻，

如今反教野蛮底荆棘侵进城来。


　我又不懂这造物之主底用心，

为何那里摊着荒绝的戈壁，

这里架起一道横天的葱岭，

那里又停着浩荡的海洋，

中间藏着一座蓬莱仙境，

四周围又堆伏着魍魉猩猩？


最善哭的太平洋！只你那容积，

才容得下我这些澎湃的悲思。

最宏伟，最沉雄的哀哭者哟！

请和着我放声号咷地哭泣！

哭着那不可思议的命运，

哭着那亘古不灭的天理——


哭着宇宙之间必老的青春，

哭着有史以来必散的盛筵，

哭着我们中华的庄严灿烂，

也将永远永远地烟消云散。

哭啊！最宏伟，最沉雄的太平洋！

我们的哀痛几时方能哭完？


啊！在麦垅中悲歌的帝子！

春水流愁，眼泪洗面的降君！

历代最伤心的孤臣节士！

古来最善哭的胜国遗民！

不用悲伤了，不用悲伤了，

你们的丧失究竟轻微得很。


你们的悲哀算得了些什么？

我的悲哀是你们的悲哀之总和。

啊！不料中华最末次的灭亡，

黄帝子孙最澈底的堕落，

毕竟要实现于此日今时，

毕竟在我自己的眼前经过，


哦，好肃杀，好尖峭的冰风啊！

走到末路的太阳，你竟这般沮丧！

我们中华底名字镌在你身上；

太阳，你将被这冰风吹得冰化，

中华底名字也将冰得同你一样？

看啊！猖獗的冰风！狼狈的太阳！


哦，你一只大雕，你从那里来的？

你在这铅铁的天空里盘飞；

这八达岭也要被你占了去，

筑起你的窠巢，蕃殖你的族类？

圣德的凤凰啊！你如何不来，

竟让这神州成了恶鸟底世界？


雹雪重载的冻云来自天涯，

推揎着，摩擦着，在九霄争路

好像一群激战的天狼互相鏖杀

哦，冻云涨了，滚落在居庸关下，

苍白的冻云之海弥漫了四野，——

哎呀！神州啊！你竟陆沉了吗？


长城啊！让我把你也来撞倒，

你我都是赘疣，有些什么难舍？

哦，悲壮的角声，送葬的角声，——

画角啊！不要哀伤，也不要诅骂！

我来自虚无，还向虚无归去，

这堕落的假中华不是我的家！

# 爱国的心

我心头有一幅旌旆
没有风时自然摇摆；
我这幅抖颤的心旌
上面有五样的色彩。

这心腹里海棠叶形
是中华版图底缩本；
谁能偷去伊的版图？
谁能偷得去我的心？

# 故 乡

先生，先生，你到底要上那里去？
你这样的匆忙，你可有什么事？

我要看还有没有我的家乡在；
我要走了，我要回到望天湖边去。
我要访问如今那里还有没有
白波翻在湖中心，绿波翻在秧田里，
有没有麻雀在水竹枝头耍武艺。

先生，先生，世界是这样的新奇；
你不在这里遨游，偏要那里去？

我要探访我的家乡，我有我的心事：
我要看孵卵的秧鸡可在秧林里，
泥上可还有鸽子的脚儿印"个"字，
神山上的白云一分钟里变几次，

可还有燕儿飞到人家堂上来报喜。


先生，先生，我劝你不要回家去；
世间只有远游的生活是自由的。


游子的心是风霜剥蚀的残碑，
碑上已经漶漫了家乡的字迹，……
哦，我要回家去，我要赶紧回家去，
我要听门外的水车终日作鼍鸣，
再将家乡的音乐收入心房里。


先生，先生，你为什么要回家去？
世上有的是荣华，有的是智慧。


你不知道故乡有一只可爱的湖，
常年总有半边青天浸在湖水里。
湖岸上有兔儿在黄昏里觅粮食，
还有见了兔儿不要追的狗子——
我要看如今还有没有这种事。


先生，先生，我越加不能懂你了，
你到底，到底为什么要回家去？

我要看家乡的菱角还长几根刺，

我要看那里一根藕里还有几根丝。

我要看家乡还认识不认识我——

我要看坟山上添了几块新碑石，

我家后园里可还有开花的竹子①。

---

①俗称竹子开花是凶事的兆联。——作者原注

# 回来了

这真是说不出的悲喜交集——

滚滚的江涛向我迎来，

然后这里是青山，那里是绿水……

我又投入了祖国的慈怀！


你莫告诉我这里是遍体疮痍，

你没听见麦浪翻得沙沙响？

这才是我的家乡我的祖国：

打盹的雀儿钉在牛背上。


祖国啊！今天我分外的爱你……

风呀你莫吹，浪呀你莫涌，

让我镇定一会儿，镇定一会儿；

我的心儿他如此的怔忡！


你看江水俨然金一般的黄，

千樯的倒影蠕在微澜里。

这是我的祖国，这是我的家乡，

别的且都不必提起。


今天风呀你莫吹，浪呀你莫涌。

我是刚才刚才回到家。

祖国呀，今天我们要分外亲热；

请你有泪儿今天莫要洒。


这真是说不出的悲喜交集；

我又投入了祖国的慈怀。

你看船边飞着簸谷似的浪花，

天上飘来仙鹤般的云彩。

# 抱　怨

我拈起笔来在手中玩弄，
空中便飞来了一排韵脚；
我不知如何的摆布他们，
只希望能写出一些快乐。
我听见你在窗前咳嗽，
不由的写成了一首悲歌。

上帝将要写我的生传；
展开了我的生命之纸，
不知要写些什么东西，
许是灾殃，也许是喜事。
你硬要加入你的姓名，
他便写成了一篇痛史。

# 唁　词

——纪念三月十八日的惨剧

没有什么！父母们都不要号咷！
兄弟们，姊妹们也都用不着悲恸！
这青春的赤血再宝贵也没有了，
盛着他固然是好，泼掉了更有用。

要血是要他红，要血是要他热；
那脏完了，冷透了的东西谁要他？
不要愤嫉，父母，兄弟和姊妹们！
等着看这红热的开成绚烂的花。

感谢你们，这么样丰厚的仪程！
这多年的宠爱，矜怜，辛苦和希望。
如今请将这一切的交给我们，
我们要永远悬他在日月的边旁。

这最末的哀痛请也不要吝惜。

（这一阵哀痛可磔碎了你们的心！）

但是这哀痛的波动却没有完，

他要在四万万颗心上永远翻腾。


哀恸要永远咬住四万万颗心，

那么这哀痛便是忏悔，便是惕警。

还要把馨香缭绕，俎豆来供奉！

哀痛是我们的启示，我们的光明。

# 回　来

我急忙的闯进门来，喘着气，

打好了一盆水，一壶滚茶，

种种优渥的犒劳，都在那里：

我要把一天的疲乏交给她。

我载着满心的希望走回来，

那晓得一开门，满都是寂静——

什么都没变，夕阳绕进了书斋，

一切都不错，只没她的踪影。


出门了？怎么？……这样的凑巧？

出门了，准是的！可是那顷刻，

那彷徨的顷刻，我已经尝到

生与死间的距离，无边的萧瑟：

恐怖我也认识了，还有凄惶，

我认识了孤臣孽子的绝望。

# 奇　迹

我要的本不是火齐的红，或半夜里

桃花潭水的黑，也不是琵琶的幽怨，

蔷薇的香；我不曾真心爱过文豹的矜严，

我要的婉娈也不是任何白鸽所有的。

我要的本不是这些，而是这些的结晶，

比这一切更神奇得万倍的一个奇迹！

可是，这灵魂是真饿得慌，我又不能

让他缺着供养；那么，即便是秕糠，

你也得募化不是？天知道，我不是

甘心如此，我并非倔强，亦不是愚蠢，

我是等你不及，等不及奇迹的来临！

我不敢让灵魂缺养供养。谁不知道

一树蝉鸣，一壶浊酒，算得了什么？

纵提到烟峦，曙壑，或更璀璨的星空，

也只是平凡，是无所谓的平凡，犯得着

惊喜得没主意，喊着最动人的名儿，

恨不得黄金铸字，给妆在一只歌里？

我也说但为一阕莺歌便噙不住眼泪，

那未免太支离，太玄了，简直不值当。

谁晓得，我可不能那样：这心是真

饿得慌，我不能不节省点，把藜藿

当作膏粱。


可也不妨明说，只要你——

只要奇迹露一面，我马上就抛弃平凡，

我再不瞅着一张霜叶梦想春花的艳，

再不浪费这灵魂的膂力，剥开顽石

来诛求碧玉的温润；给我一个奇迹，

我也不再去鞭挞着"丑"，逼他要

那份儿背面的意义：实在我早厌恶了

那勾当，那附会也委实是太费解了。

我只要一个明白的字，舍利子似的闪着

宝光；我要的是整个的，正面的美。

我并非倔强，亦不是愚蠢，我不会看见

团扇，悟不起扇后那天仙似的人面。

那么

我等着，不管等到多少轮回以后——

既然当初许下心愿时，也不知道是在多少

轮回以前——我等，我不抱怨，只静候着
一个奇迹的来临。总不能没有那一天，
让雷来劈我，火山来烧，全地狱翻起来
扑我，……害怕吗？你放心，反正罡风
吹不熄灵魂的灯，情愿蜕壳化成灰烬，
不碍事：因为那——那便是我的一刹那，
一刹那的永恒：——一阵异香，最神秘的
肃静，（日，月，一切星球的旋动早被
喝住，时间也止步了，）最浑圆的和平……
我听见阊阖的户枢謇然一响，紫霄上
传来一片衣裙的綷縩——那便是奇迹——
半启的金扉中，一个戴着圆光的你！

# 八教授颂

新中国的

学者，

文人，

思想家，

一切最可敬佩的二十世纪的经师和人师！

为你们的固执，

为你们的愚昧，

为你们的Snobbery，

为你替"死的拉住活的"挽救了五千年文化

遗产的丰功伟烈，

请接受我这只海贝，

听！

这里

通过辽远的未来的历史长廊，

大海的波涛在赞美你。

## （一）政治学家

伊尹

吕尚

管仲

诸葛亮

"这些"，你摇摇头说，

"有经纶而缺乏戏剧性的清风亮节。"

你的目光继续在灰尘中搜索，

你发现了《高士传》：

那边，

在辽远的那边，

汾河北岸，

藐姑射之山中，

偃卧着四个童颜鹤发的老翁，

忽而又飘浮在商山的白云里了，

回头却变作一颗客星，

给洛阳的钦天监吃了一惊，

（赶尽是光武帝的大腿一夜给人压麻了）

于是一阵笑声，

又隐入七里濑的花丛里去了……

于是你也笑了。

这些独往独来的精神，

我知道,

是你最心爱的,

虽然你心里也有点忧虑……

于是你为你自己身上的

西装裤子的垂直线而苦恼,

然而你终于弃"轩冕"如敝屣了。


你惋惜当今没有唐太宗,

你自己可不屑做魏征;

你明知没有明成祖,

可还要耍一套方孝孺;

你强占了危险的尖端,

教你的对手捏一把汗。


你是如何爱你的主角(或配角)啊!

在这历史的最后一出"大轴子"里,

你和他——你的对手,

是谁也少不了谁,

虽则——

不,

正因为

在剧情中,

你们是势不两立的——

你们是相得益彰的势不两立。


正如他为爱他自己

而深爱着你，

你也爱你的对手，

为了你真爱你自己。


二千五百年个人英雄主义的幽灵啊！

你带满了一身发散霉味儿的荣誉，

甩着文明杖，

来到这二十世纪四十年代的公园里散步；

你走过的地方，

是一阵阴风；

你的口才——

那悬河一般倾泻着的通货，

是你的零用钱，

你的零用钱愈花愈有，

你的通货永远无需兑现。


幽灵啊！

今天公园门口

挂上了"游人止步"的牌子，

（它是几时改作私园的！）

现在

你的零用钱，

即使能兑现，

也没地方用了。


请回吧，

可敬爱的幽灵！

你自有你的安乐乡，

在藐姑射的烟雾中，

在商山的白云中，

在七里濑的水声中，

回去吧，

这也不算败兴而返！

三三（一九四四）年七月一日